AF276110

BREVES

Ediciones Traspiés

Primera edición junio de 2024

© De la edición para Ediciones Traspiés SL

© De la traducción y el prólogo para Alfonso Salazar

© Ilustraciones y dibujo de portada para Alfonso Salazar

Ediciones Traspiés
www.traspies.com

I.S.B.N. 978-84-128241-0-0
Depósito Legal: GR-740/2024
Impreso en Centro Gráfico
IBIC: FA

CONSEJOS A LOS JÓVENES ESCRITORES

CHARLES BAUDELAIRE

Traducción de Alfonso Salazar

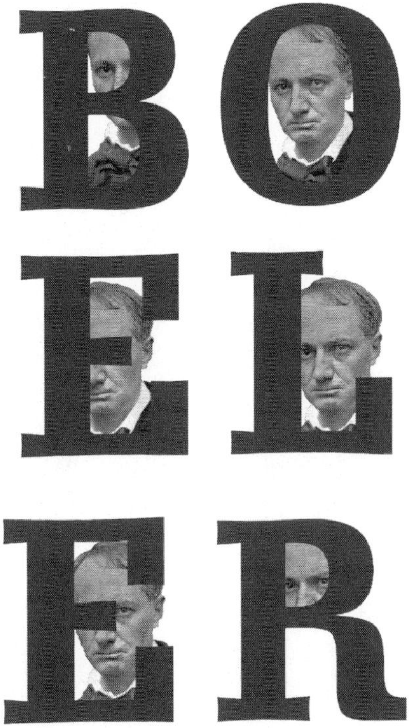
BOD
ELE
ER

HIPÓCRITA AUTOR

Charles Baudelaire tenía veinticinco años cuando publicó, en "L´Esprit Public", "Conseils aux jeunes littérateurs" –que aquí presentamos como "Consejos a jóvenes escritores", sin que las jóvenes escritoras deban darse por excluidas.

Veinticinco años es una edad en la cual la capacidad para aconsejar se presupone escasa, pues reservamos su propiedad a la maestría que dan el conocimiento, la edad y la experiencia. Pero el joven Charles debía sentirse muy por encima de esos convencionalismos. Una infancia difícil, un padre muerto mucho mayor que su madre, un militar que entró en el lecho materno de la viuda, una desenfrenada juventud… son trazos bastante lúcidos para el caprichoso psicodrama de una personalidad arrebatadora que revolucionó la poesía francesa e hizo reparar a sus contemporáneos en que lo mejor no es siempre necesariamente lo bueno, en el sentido moral de la palabra.

Propuso Charles que Satán –y su metáfora– también es atractivo; que en las miserias se funde también el Arte y, definitivamente, que el malditismo se convertiría en escuela, fundada por Edgar Allan Poe, el alma gemela de Baudelaire, traducido por este de modo impenitentemente, como un apóstol.

La obra "Consejos a los Jóvenes literatos", aquí llamados «escritores», fue uno de sus primeros pasos en un baldío mercado de la literatura, y le hizo ganar fama de cáustico. Su propensión a la crítica de arte, esa maravillosa capacidad de sorpresa que cultivó siempre, fue agrupada bajo el título genérico de "El salón de..." (y un año señalado: 1845, 1846, 1859) y tuvo ediciones sucesivas que le dieron alguna mejor consideración. "Las flores del mal" soportaron la amputación de los censores y depositaron unos despojos, poemas condenados de la primera aparición del poemario que, tras variados títulos ("Las Lesbianas", "Los Limbos"), termina por ofrecerse al papel en el año 1857, provocando el asombro de Mallarmé, Swinburne o Verlaine, para total desconfianza del autor.

Aquel jardín maléfico resultó imprescindible para generaciones postreras. «Las flores del mal» son el elogio de la sociedad moderna, del vicio y la pasión. Son frutos del dolor, indagación de la ubicación del daño, del alcance de la santidad mediante la mortificación y el pecado, muy lejos de los postulados de Nietzsche, tan proclive a la higiene mental. Según Paul Claudel, Baudelaire cantó la única pasión que el siglo XIX podía experimentar con sinceridad: el remordimiento.

Por entonces llegarían al escritor la vida vertiginosa, las deudas, la herencia paterna intervenida judicialmente ante una manifiesta prodigalidad, el amor por la mulata Jeanne, por la también actriz y «mujer honesta» Marie Daubrun, por Madame Sabatier, a quien enviará múltiples sonetos tras conocerla en el club de los Haschischins. Luego, abandonó a la pobre Jeanne, que terminó hospitalizada y hemipléjica. Fracasos literarios en Bélgica («Pobre Bélgica», escribirá Charles), continuos retornos al refugio de casa materna, con la esperanza de curar la sífilis adquirida durante su juventud en el Barrio Latino. Belladona, quinina, éter contra el asma, mucho Poe –autor por entonces juzgado «inmoral»–, y una única noche de amor el día 30 de agosto de 1857 con Madame Sabatier. Sucesos y arrebatos: Luis Napoleón emperador de los franceses; la admiración por Manet, Wagner y Delacroix; una reputación que no saldrá de los cenáculos bohemios; un intento de suicidio y otro intento de rehabilitación con una frustrada candidatura a la Academia; trastornos nerviosos y dolores musculares; ayudas económicas del Ministerio. Opio y De Quincey. El amante de Jeanne desvalijando su casa de Neully, dolencias en los ojos, neuralgias, reuma, desarreglos de intestinos, estómago deshecho, desengaño literario y colapso de un cuerpo maltratado, convalecencia en un convento, afasia, hemiplejía, un año paralizado y mudo.

Al fin, la muerte el 31 de agosto de 1867, a los cuarenta y seis años de edad en brazos de Caroline Archimbaut–Dufays de Baudelaire y de Aupick, su madre. Como lastimero final, una tumba en Montparnasse, junto a su odiado padrastro. Baudelaire aún se revuelve en su tumba.

Pero en 1846 tenía veinticinco años y peregrinaba con la sífilis que le regaló la prostituta Louchette, retornado de un viaje frustrado a Calcuta —que sólo soportó hasta la isla de Reunion— adonde se dirigía obligado por un padrastro para quien siempre deseó la muerte y cuya ejecución reclamaría al pueblo desde las barricadas del 48 en París, la ciudad que nunca dejó de anhelar en su sufrido balanceo por las aguas del Índico.

Mientras en Inglaterra el «dandy» era un intelectual burgués ascendido a una clase superior, en Francia el bohemio era un burgués que descendía hasta el suburbio proletario. Pero Baudelaire asumió la figura del «dandy» y así se trasluce en "La Fanfarlo". Para entonces, ha comenzado su juego.

En un alarde de cinismo el dandy aprieta

los dientes y muestra hasta dónde puede llegar. Él, el peor de los ejemplos de la época, el bohemio pertinaz se reviste de sacerdote y lanza a los cuatro vientos sus consejos a los jóvenes ansiosos que se inician en la literatura. Agrio y mordaz asesta un nuevo golpe a la sociedad burguesa afilando los cuchillos, simulando la defensa, amagando clavarlos y mirando torvamente. Para más inri, no se arredra en modestias y presenta sus «consejos» como preceptos, más cercanos a las posibles leyes de la naturaleza. Los muestra, desde una perfección inamovible y absoluta (con una urbanidad pueril ¿y honesta?, ¿qué paraíso perdido?), recogidos en un vademécum, como su constante búsqueda de un dios: él, el más absoluto de los descreídos.

Busca Baudelaire reconvertir el camino del joven autor, indicarle con un guiño: «No hagas lo que hago, haz lo que digo». Pero eso sí, termina por inocularle la misma finalidad, sin contemplar el albedrío del joven autor. «Esto es lo que yo he aprendido», comienza diciendo, «y esto lo que deberías hacer: no te mezcles con mujeres, ni tengas acreedores, no odies con pasión...» ¿Quién tiene derecho a aconsejar? ¿Un jovenzuelo descarado de veinticinco años y seis días?

La dulzura de otros manuales de consejos se evapora en este libelo de Baudelaire. Al fin y al cabo, si el burgués paga, complazcamos al burgués, viene a decir. ¿Quiere ser escritor, joven? Siga estas normas de sometimiento del sentimiento. No tiemble el joven autor, siga los pasos, mire desde el ruedo al tendido, desafiante. Baudelaire se ríe desde la barrera.

Rompe con los tópicos de la bohemia, con los binomios Éxito/Suerte, Inspiración/Arrebato, Pasión/Odio, para recolocarlos en un imaginario mapa de la literatura burguesa, finalmente productiva, rentable, profesional, literatura creada para el público (nos deja en la antesala del bestseller). Sin embargo, en su defensa arrastrada pasa a cuchillo a los triunfadores: los éxitos de la sociedad de los logogrifos –que no se entiende qué dicen, dice Charles– soportan la mayor parte de la carga de su brigada ligera.

Pero este acercamiento al burgués, esta participación en la mesa de juego de la literatura, esa corrección de la creación para que se adapte a las necesidades de mercado, esconde la pertinaz intención de colocarle una bomba bajo la cama, cuando el burgués lea plácidamente antes de dormir: «Ahora es el momento —murmura Charles—, cuando te he hecho creer, burgués, que soy de los vuestros». El terrorista Baudelaire se desenmascara. El irónico ejercicio de la defensa de lo políticamente correcto, como decimos ahora, es un simple motivo para revolverse desde el malditismo presbiteriano: «Si fuese capaz de hacer todo lo que digo —viene a gritar desde el pavé de París— me tendríais que aceptar, burgueses». Pero no será él quien lo haga. Lo dejará en manos de aprendices, aquellos que deben terminar siendo el burgués mismo. Baudelaire se instala por encima del bien, del mal y hasta de las flores.

Son los «Consejos» el libro de cuentas de un prestamista, una guía de inversión literaria: la literatura como producto de mercado, artículo de consumo. En este juego comercial, el burgués debe estar presente: Seducción del burgués, primera premisa. Si el burgués está complacido, vivirás afortunadamente autor. Se inicia así una transformación, el autor empieza a parecerse cada vez más a aquello que más detesta. Tendrá preeminencia la razón sobre la inspiración, y el trabajo diario, mercantilizado, productivo, eficiente para procurarla. Para ello hay que mantener todas las formas: nada de acreedores que desprestigien el chasis financiero. Mujeres, las justas y de buena reputación, nada de actrices como la Duval, la amante, la actriz mulata. Nada de mujeres brillantes que hagan sombra al hombre. Miedo a la mujer: propugna por eso que se trate con mujeres que puedan ser esposas prudentes, que esperen en casa con el puchero en el fuego y las pantuflas burguesas en la boca. Y ponga usted buena cara, manéjese bien con todo el mundo. Por favor, que no venga su padrastro a recogerlo, para llevarlo borracho a casa, para disponer una administración judicial de su herencia por el anciano juez de Neully.

Algunas de las comparaciones que suscitan la recomendación, como en un juego de espejos, son los arcos principales del texto: una bala de rebote, una crítica búmeran, un acreedor perseguido con florete... Su experiencia sirve como tema central de todo aquello que no se debe hacer. Al fin y al cabo, no sólo podemos preguntarnos quién puede aconsejar sino ¿debe seguir sus propios consejos quien aconseja? Jamás, desde luego, si es un libertino. Es más fácil aconsejar para aquel que cumple su propio consejo: el no fumador recomienda que no se fume. El fumador libertino recomendará que no fumes como un trabajo hercúleo, pues no le tutela el ejemplo.

Decimos moralmente «libertino», que no idiota, ajeno a la realidad, a los abusos y riesgos del mercado –que aquí sólo se llama literatura–. Baudelaire se cuestiona desde el salario hasta la compañía de mujeres (es su biografía, es su contexto), esto es, todos los riscos de su atormentada vida, todos los avatares que lo sumieron en la melancolía de un jardín maligno. El odio como un licor caro y precioso para quien ha dilapidado tanto odio. La pasión como un muro que debe ser demolido para quien plantea con pasión las demoliciones. Quien espere consejos encontrará la risotada del maestro tras el humo del hash.

Baudelaire atisba algunos elementos de la literatura que se desarrollarán en la civilización moderna del siglo XX: la profesionalización del autor, que ya no tiene porqué sobrevivir en cuartos de la mala muerte sino que le basta asomarse a los tranquilos balcones de las columnas de los periódicos, al vertiginoso mundo de los guiones de cine, al éxito rutilante y rebosante del premio, al sindicato de la sociedad de autores, al escaparate de internet, las redes, las radios, la prensa y la televisión que lo llevan entre paños hacia el Olimpo del color. Triunfan quienes se aplican en la producción en cadena, los herederos mcdonalizados del montaje fordista.

El Parnaso del presente se aloja en los anaqueles de las novedades, en los suplementos de los sábados, en los cenáculos de éxito en las redes, en los intercambios de autores, "quid pro quo", en las redes de apoyo mutuo. Hay autores a quienes se compra, y fichan por escuderías de la alta comunicación: son la plena fundición con el burgués –salvemos las distancias– que recomienda Baudelaire. De ahí su máxima exhortando a corregir los textos, como toda persona en su sano juicio haría: corregir para ser aceptado en la sociedad. Dar muerte a la libertad en pos de la convivencia y la connivencia.

Se nos adelanta en el tiempo vislumbrando la entrada del mercado salvaje en la vida conyugal del libro y el autor: hay libros que mueren antes de ser publicados, y otros que nacen con una vigésima edición bajo el brazo. Hay autores tocados por el éxito en la raíz de un favor, no de la suerte. Hay autores X que premian a autores Y, quienes premian a autores X. Hay libros donde el nombre del autor es más importante que el título y ocupa media página. Libros donde el rostro del autor llena la portada. Hay títulos que parecen ideados por publicistas. Hay libros que no son literatura, aunque quieran parecerlo. Hay libros, definitivamente, que mejor sería que no naciesen, pero el mercado manda y ordena, publica y vende.

Al paso del mercado hay que sujetarse al pasamanos del éxito y saltar desde el arcén. Si el mercado pasa, súbete. Que el revisor pique el billete de escritor complaciente. Si hay que hacer concesiones, hazlas. Pero con inteligencia, que no se te note en absoluto que eres hipócrita, sublimemente hipócrita, mi joven autor, mi hermano, "mon semblable".

Alfonso Salazar

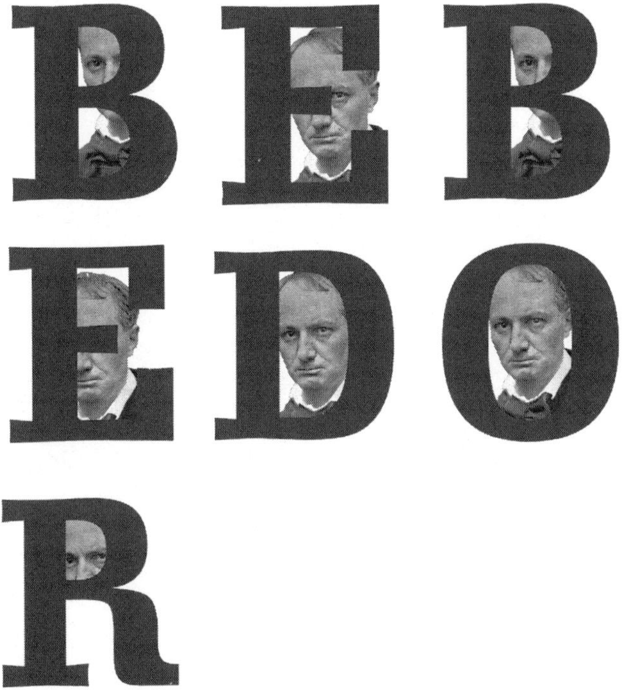
BEB
EDO
R

AU LECTEUR

La sottise, l´erreur, le péché, la lésine,
occupent nos esprits et travaillent nos corps,
et nous alimentons nos aimables remords,
comme les mendiants nourrisent leur vermine.

Nos péchés sont têtus, nos repentirs sont lâches:
Nous faisons payer grassement nos aveux,
et nous rentrons gaiement dans le chemin bourbeux,
croyant par de vils pleurs laver toutes nos taches.

Suir l´oreiller du mal c´est Satan Trigemiste
qui berce longuement notre esprit enchanté.
Et le riche métal de notre volonté
est tout vaporisé par ce savant chimiste.

C´est le Diable qui tient les fils qui nous remuent!
Aux objets répugnants nous trouvons des appas;
chaque jour vers l´Enfer nous descendons d´un pas,
sans horreur, à travers des ténèbres qui puent.

Ainsi qu'un débauché pauvre qui baise et mange
le sein martyrisé d'une antique catin,
nous volons au passage un plaisir clandestin
que nous pressons bien fort comme une vieille
orange.

Serre, fourmillant, comme un million d'helminthes,
dans nos cerveaux ribote un peuple de Démons,
et, quand nous respirons, la Mort dans nos
                                    /poumons
descend, fleuve invisible, avec de sourdes plaintes.

Si le viol, le poison, le poignard, l'incendie,
n'ont pas encor brodé de leurs plaissants dessins
le canevas banal de nos pitieux destins,
c'est que notre âme, hélas! n'est pas assez hardie.

Mais parmi les chacals, les panthéres, les lices,
les singes, les scorpions, les vautours, les serpents,
les monstres glapissants, hurlants, grognants,
rampantes,
dans la ménagerie infâme de nos vices.

Il en est un plus laid, plus méchant, plus
                              /immonde!

Quoiqu´il ne pousse ni grands gestes ni grands cris,
il ferait volontiers de la terre un débris
et dans un bâillement avalerait le monde;

C´est l´Ennui! –l´oeil chargé d´un pleur
/involontaire,
il rêve d´échafauds en fumant son houka.
Tu le connais, lecteur, ce monstre délicat,
–Hypocrite lectaur, –mon semblable, –mon frére!

AL LECTOR

La necedad, el yerro, la culpa, la codicia,
ocupan nuestro espíritu, minan nuestro cuerpo,
como los mendigos alimentan su inmundicia,
nutrimos nuestros complacientes remordimientos.

Terco es el pecado, cobarde la contrición;
y volvemos alegres al camino de fango
tras hacernos pagar con creces la confesión,
creyendo lavar nuestras faltas con viles llantos.

En la almohada del mal es Satán Trimegisto*

quien mece con tiempo nuestro espíritu embrujado,
y nuestra voluntad, metal enriquecido
entre las manos de este alquimista esfumado.

El Diablo es quien maneja los hilos que nos mueven.
A objetos repugnantes les hallamos encantos;
cada día al Infierno nuestros pasos descienden,
sin horror, tinieblas que apestan atravesamos.

Tal y como besa y muerde un pobre libertino
el seno martirizado de una puta vieja,
robamos, de pasada, un placer clandestino
que exprimimos bien fuerte, como naranja seca.

Hormigueante, denso cual un millón de gusanos,
se agolpa en nuestro cerebro un pueblo de demonios.
Y la Muerte a los pulmones, cuando respiramos
desciende, río invisible, con gemidos sordos.

La violación, el veneno, el incendio, el puñal,
si aún no han bordado con sus caprichosos trazos
el cañamazo banal de nuestro triste azar,
es porque nuestra alma no se atreve aún a tanto.

De entre los chacales, panteras, perros de caza,
los escorpiones, serpientes, los buitres, los simios,

monstruos que aúllan, gritan, que gruñen, que se arrastran
en la infame casa de fieras de nuestros vicios

hay uno más espantoso, más malvado, más sucio
que, sin hacer grandes aspavientos, ni gritando,
de un bostezo engullirá íntegramente el mundo
y con gusto dejará la tierra hecha pedazos,

el Aburrimiento, con ojos de puro llanto,
fumando su narguile, sueña con los cadalsos.
Tú conoces, lector, a ese monstruo delicado.
Hipócrita lector, mi semejante, mi hermano.

("Les Fleurs du mal", Charles Baudelaire, versión de Alfonso Salazar). Original publicado en *L'Esprit Public*, 15 de abril de 1846

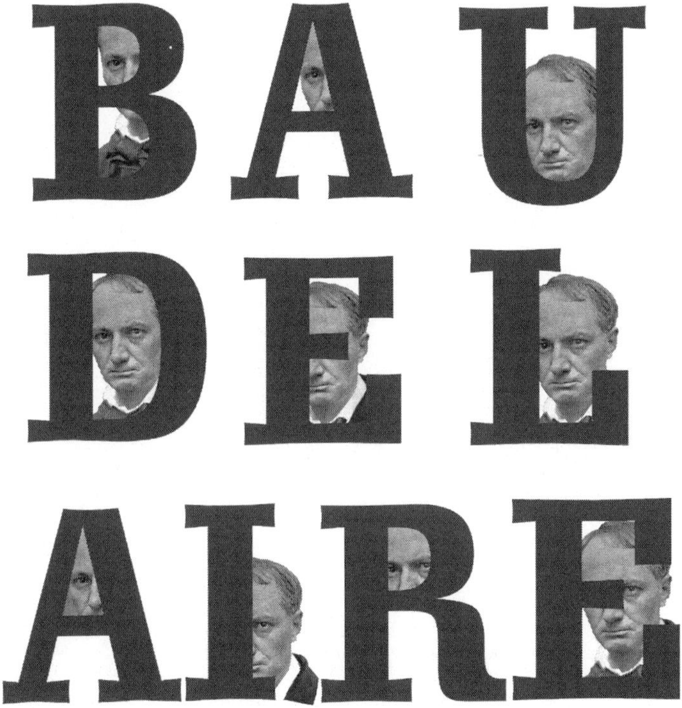
BAU
DEL
AIRE

CONSEJOS A LOS JÓVENES ESCRITORES

Los preceptos que va a leer son fruto de la experiencia. La experiencia implica una cierta suma de errores y pifias que cada cual va cometiendo –algunas o todas son necesarias–, espero que mi experiencia sea verificada con la de cada cual.

Los señalados preceptos no tienen pues otra pretensión que aquella de vademécum*, ni otra utilidad que aquella del civismo pueril y honesto. ¡Utilidad enorme! ¡Supongan el código del civismo escrito por una Warens* de corazón inteligente y bueno, el arte de arreglarse enseñado por una madre! Así pongo, en estos preceptos dedicados a los jóvenes escritores, una ternura fraternal.

DE LA SUERTE Y LA MALA SUERTE EN LOS COMIENZOS

Los jóvenes escritores que hablan de un joven colega con tono envidioso dicen: «Ha tenido un buen comienzo, ¡vaya una suerte bárbara!». No reflexionan en que todo comienzo tiene siempre sus precedentes y que es el efecto de otros veinte comienzos que nos son desconocidos.

No sé si debemos considerar que, alguna vez y vistos los hechos, les haya sonado la flauta; creo más bien que un éxito es, en proporción aritmética o geométrica, producto de la fuerza del escritor, el resultado de éxitos anteriores, a menudo invisibles a simple vista. Hay una lenta agregación de éxitos moleculares; pero generaciones milagrosas y espontáneas, jamás.

Aquellos que dicen: «Tengo mala suerte», son los que no han tenido éxito todavía y que lo desconocen.

Hablo pues de miles de circunstancias que rodean la voluntad humana y que tienen, en sí, sus causas legítimas de existencia. Constituyen una circunferencia en la cual está encerrada la voluntad, pero esta circunferencia es mudable, está viva, gira y cambia todos los días, cada minuto, cada segundo, su círculo y su centro. Así, ejercitadas por esta, todas las voluntades humanas que están enclaustradas varían a cada momento su juego recíproco, y esto es lo que constituye la libertad.

Libertad y fatalidad son contrarios, pero vistas de cerca y de lejos, resultan ser una única voluntad.

Por ello no existe la mala suerte. Si uno tiene mala suerte, es que le falta algo: hay que conocer ese algo, estudiar el juego de las adyacentes voluntades para desplazar con mayor facilidad la circunferencia.

Un ejemplo entre mil. Algunas de las personas a las que amo y aprecio arremeten contra las popularidades actuales. Eugène Sue, Paul Féval*, son unos logogrifos* en acción; pero el talento de esta gente, por frívolo que sea, existe, y la cólera de mis amigos o no existe o más bien, existe negativamente, pues es una pérdida de tiempo, una de las cosas del mundo menos apreciada.

La pregunta no es saber si la literatura sentimental —o de la forma— es superior a la que está de moda. Esto es totalmente evidente, al menos para mí. Pero no será más que la mitad de evidente, mientras no tengáis, en el género que os queréis instalar, tanto talento como Eugène Sue* en el suyo. Alumbrad tanto interés con los nuevos medios, poseed una fuerza igual y superior en sentido contrario. Doblad, triplicad, cuadriplicad la dosis hasta una igual concentración, y ya no tendréis derecho a maldecir al burgués porque el burgués estará con vosotros. Hasta que, ¡vae victis*!, pues nada es más verdad que la fuerza, que es la justicia suprema.

ADORADOR

DE LOS SALARIOS

Por bella que sea una casa, es, sobre todo —antes de que su belleza sea demostrada—, tantos metros de alta por tantos de larga. Así, la literatura, que es la materia más inapreciable, es ante todo un relleno de columnas que el arquitecto literario, cuyo solo nombre no tiene posibilidad de proporcionar beneficio alguno, debe vender a cualquier precio.

Hay gente joven que dice: «Puesto que esto no vale casi nada, ¿para qué esforzarse tanto?». Podrían ofrecer una obra mucho mejor, y en tal caso, no les estafarían más que por la necesidad actual, por la ley de la naturaleza; pero se desvalijan ellos mismos: aun mal pagados, habrían encontrado algo de honor, pero mal pagados, se sienten deshonrados.

Resumo todo lo que podría escribir sobre esta materia, en esta máxima suprema que dejo a la meditación de todos los filósofos, de todos los historiadores y de todos los hombres de negocios: «¡Solamente por los buenos sentimientos se alcanza la fortuna!».

Aquellos que dicen: «¿Para qué romperse la cabeza por tan poco?». Son los que más tarde, una vez alcanzado al éxito, quieren vender sus libros por doscientos francos el folletín y que, rechazados, vuelven al día siguiente a ofrecerlos por la mitad.

El hombre razonable es el que opina: «Creo que esto vale tanto, porque tengo talento: pero si es necesario hacer concesiones, las haré, para tener el honor de estar entre los vuestros».

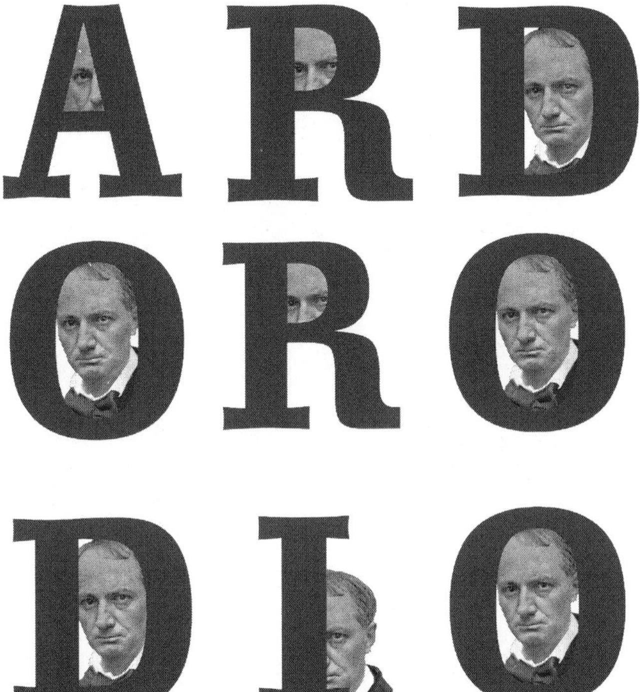
ARD
ORO
DIO

DE LAS SIMPATÍAS Y LAS ANTIPATÍAS

En amor, como en literatura, las simpatías son involuntarias: no obstante, es necesario que sean verificadas y aquí, la razón, tiene su posterior importancia.

Las verdaderas simpatías son excelentes, porque son dos en una. Las falsedades son detestables, porque no son más que una, excepto la indiferencia primitiva, que vale más que el odio, consecuencia necesaria del engaño y la desilusión.

Por ello admito y admiro la camaradería en tanto que está fundada sobre las referencias esenciales de la razón y el temperamento. Es una de las santas manifestaciones de la naturaleza, una de las numerosas aplicaciones de este proverbio sagrado: la unión hace la fuerza.

La misma ley de franqueza y de ingenuidad debe regir las antipatías. Mientras tanto, hay gente que obtiene tanto el odio como la admiración, atolondradamente. Es bastante imprudente: supone crearse un enemigo sin beneficio ni provecho. Un golpe que no lleva a nada no hiere el corazón del rival como era su destino, sin contar además que se puede, a tontas y a locas, herir a uno de los testigos del combate.

Un día, durante una lección de esgrima, un acreedor vino a importunarme: lo perseguí por la escalera a golpes de florete. Cuando volví, el maestro de armas, un gigante pacífico que me habría tumbado de un soplido, me dijo «¡Cómo ha derrochado usted su antipatía! ¡Un poeta! ¡Un filósofo! ¡Bah!». Había perdido el tiempo de poder practicar dos asaltos, estaba sofocado, avergonzado y despreciado por un simple hombre, el acreedor a quien no había conseguido hacer un gran daño.

En efecto, el odio es un licor precioso, un veneno más caro que el de los Borgia*, porque está hecho con nuestra sangre, nuestra salud, nuestro sueño y dos tercios de nuestro amor. ¡Es imprescindible ser avaro!

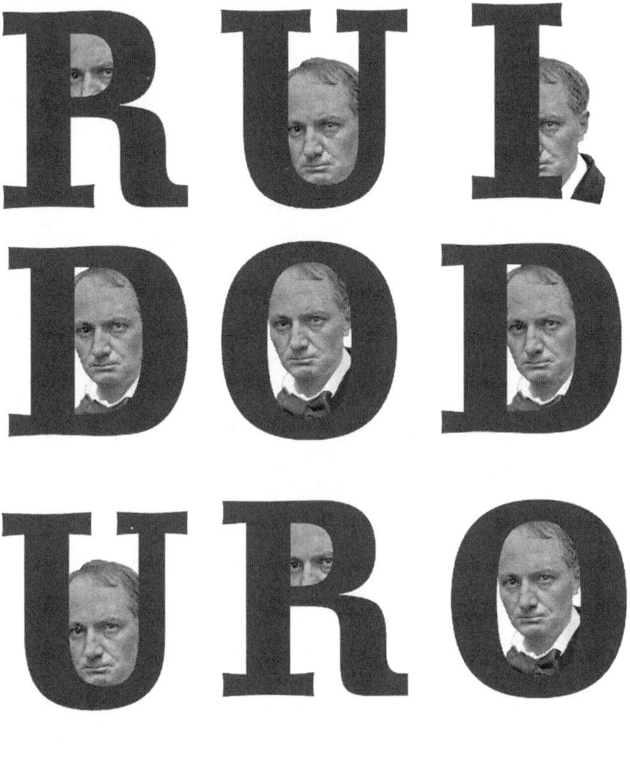
RUI
DOD
URO

DEL VAPULEO

El vapuleo no debe ser practicado más que contra los partidarios del error. Si sois fuertes, atacar a un hombre fuerte es perderse; aunque disintáis en algunos puntos, será siempre de los vuestros en determinadas ocasiones.

Hay dos métodos de vapuleo: dando rodeos o por la línea recta, que es el camino más corto.

Se encuentran suficientes ejemplos de cómo dar rodeos en los folletines de Jules Janin*. Estas perífrasis divierten a la galería, pero no la instruyen.

La línea recta es ahora practicada con éxito por algunos periodistas ingleses. En París, está en desuso. Granier de Cassagnac* me parece que la tiene demasiado olvidada. Consiste en decir:

«El señor X.... es un hombre deshonesto, y además un imbécil; y es lo que voy a probar» y probarlo, por esto, por aquello, etcétera. Recomiendo este método a todos aquellos que tienen fe en la razón y la mano dura.

Un vapuleo fallido es un deplorable accidente, es una flecha que se nos vuelve, o al menos nos destroza la mano, una bala de rebote que nos puede matar.

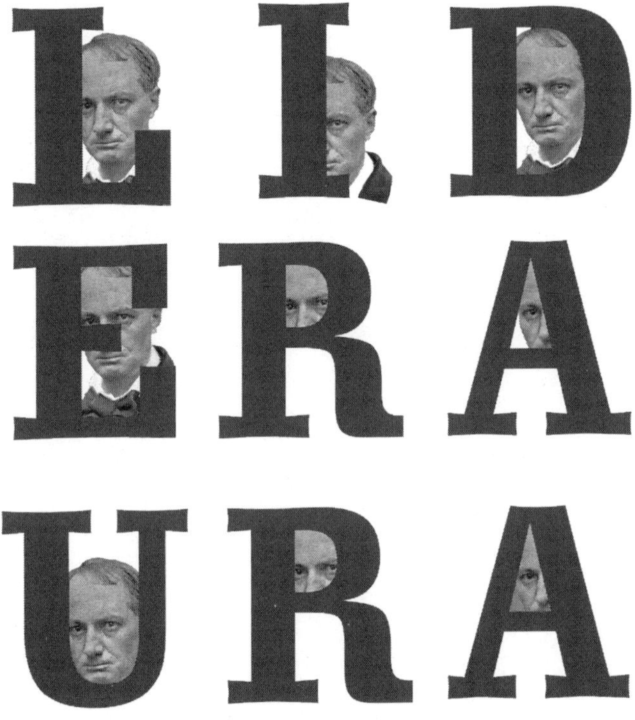
LLD
ERA
URA

DE LOS MÉTODOS DE COMPOSICIÓN

Hoy en día es forzoso producir mucho. Es fundamental ir rápido. Es preciso, pues, acelerar el paso lentamente. Es imprescindible que todos los golpes acierten y que ninguna acometida sea inútil.

Para escribir rápido es necesario haber reflexionado mucho, acarrear con un tema en el paseo, en el baño, en el restaurante, incluso en casa de la querida.

Eugène Delacroix* me dijo un día: «El arte es algo tan ideal y fugitivo, que las herramientas nunca son las apropiadas, ni los medios lo bastante expeditivos». Como en la literatura, no soy partidario de la tachadura, emborrona el espejo del pensamiento.

Algunos, y de los más distinguidos y conscientes –Édouard Ourliac*, por ejemplo–, comienzan cargando mucho el papel: lo llaman cubrir el lienzo. Tras esta operación confusa que pretende no deshacerse de nada, cada vez que reescriben, amplían y desbrozan. El resultado puede ser excelente, aunque abuse del tiempo y del talento. Cubrir el lienzo no es llenarlo de colores, es bosquejar en frottis*, es disponer unas masas en tonos ligeros y transparentes. El lienzo debe estar cubierto, en espíritu, en el momento que el escritor toma la pluma para escribir el título.

Se dice que Balzac* recarga sus originales y pruebas de manera fantástica y desordenada. Una novela pasa desde entonces por una serie de génesis, donde se dispersa no solamente la unidad de las frases, sino también de la obra. Es, sin duda, este un mal método que da a menudo al estilo no sé qué de difuso, de atropellado, de borrador, el único defecto de este gran historiador.

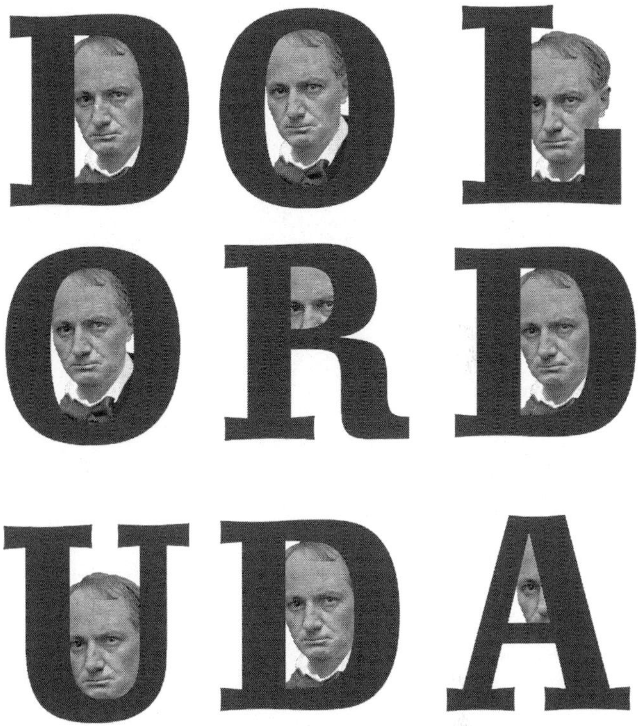
DOL
ORD
UDA

DEL TRABAJO DIARIO Y LA INSPIRACIÓN

La orgía no es la hermana de la inspiración: hemos roto este parentesco adúltero. El súbito nerviosismo y debilidad de algunas jóvenes promesas son suficiente testimonio contra este odioso prejuicio.

Una alimentación sustancial, pero regular, es la única cosa necesaria para escritores fecundos. La inspiración es decididamente la hermana del trabajo diario. Estos dos contrarios no se excluyen más que todos los contrarios que constituyen la naturaleza. La inspiración sucede, como el hambre, como la digestión, como el sueño. Hay sin duda en el espíritu una especie de mecánica celeste, de la que no hay que avergonzarse, hay que sacarle el partido más glorioso, como hacen los médicos con la mecánica del cuerpo. Si se quiere vivir en una contemplación obstinada de las obras futuras, el trabajo diario estará al servicio de la inspiración. Así como una escritura legible sirve para aclarar el pensamiento, el pensamiento calmado y potente sirve para escribir de manera legible, pues el tiempo de las malas escrituras habrá caducado.

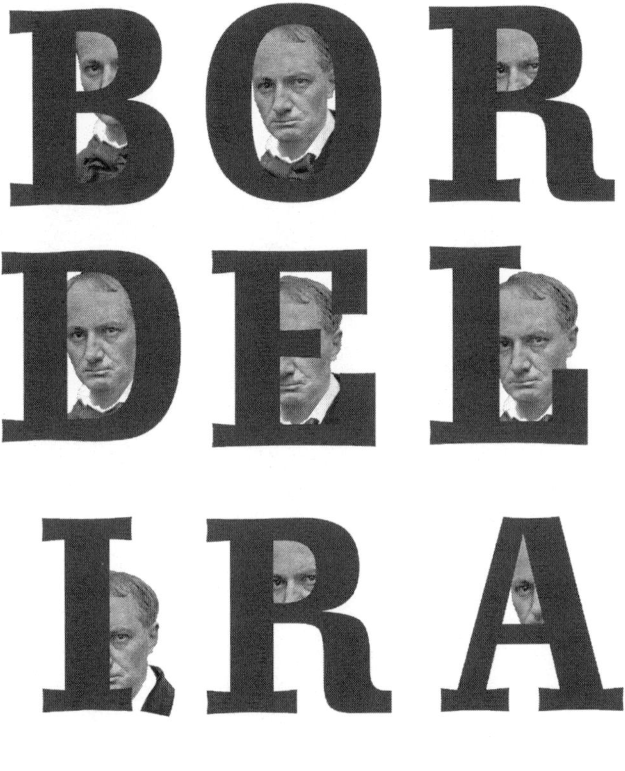
BOR
DEL
IRA

DE LA POESÍA

En cuanto a aquellos que se entregan o se han entregado con éxito a la poesía, les recomiendo que no la abandonen nunca. La poesía es una de las artes que más rinden, aunque sea una especie de inversión donde se alcanzan tarde los intereses que, en cambio, son enormes.

Desafío a los envidiosos a que me citen buenos versos que hayan arruinado a un editor.

Desde el punto de vista moral, la poesía establece unos límites entre los espíritus de primer orden y los de segundo, de tal manera, que el público más burgués no puede escapar a esta influencia despótica. Conozco a gente que leen los folletines –a menudo mediocres– de Théophile Gautier* sólo porque ha escrito "La Comédie de la Mort". Sin duda no aprecian todos los encantos de esta obra, pero saben que es poeta.

Lo cual asombra por otra parte, pues toda persona hecha y derecha puede estar sin comer dos días, pero ¿puede vivir sin poesía?

El arte que satisface la necesidad más imperiosa será siempre el más honrado.

BURLADERO

DE LOS ACREEDORES

Recordaréis sin duda una comedia titulada: "Desorden y genio"*. Que la vida desordenada, a veces, haya acompañado al genio prueba solamente que el genio es terriblemente fuerte. Desgraciadamente, este título hace suponer a muchos jóvenes que más que una coincidencia se trata de una necesidad.

Dudo mucho que Goethe* tuviese acreedores; el propio Hoffmann*, el desordenado Hoffmann, preso de necesidades más frecuentes, intentaba sin tregua salir adelante, y murió en el momento en que una vida más larga permitía a su genio un desarrollo más radiante.

Nunca tengáis acreedores. Haced, si queréis, como que los tenéis, es todo lo que puedo permitiros.

DELIRIO

DE LAS AMANTES

Si quiero observar la ley de los contrastes, que gobierna el orden moral y el orden físico, estoy obligado a ordenar en sus clases a las mujeres peligrosas para la gente de letras: la mujer honesta, la sabihonda y la actriz. La mujer honesta, porque pertenece necesariamente a dos hombres y es pasto mediocre para el alma despótica de un poeta. La sabihonda porque es un hombre marrado. La actriz porque se nutre de literatura y habla en argot. Simplemente, porque no es una mujer en toda la acepción del término, ya que el público es para ella algo más precioso que el amor.

¿Os imagináis un poeta enamorado de su mujer y obligado a verla interpretar a un travesti? Me parece que debería pegarle fuego al teatro.

¿Os lo imagináis obligado a escribir un papel

para su mujer que no tiene ni pizca de talento?

¿Y a aquel otro sudoroso por tener que devolver en unos epigramas al público del proscenio los dolores que el público le ha hecho pasar a su ser más querido, ese ser que los Orientales guardaban bajo siete llaves antes de venir a estudiar Derecho a París? Porque a todos los verdaderos escritores les molesta la literatura en determinados momentos, no admito para ellos —almas libres y orgullosas, espíritus fatigados, que tienen siempre necesidad de reposar el séptimo día— más que dos clases de mujeres posibles: las putas o las mujeres tontas —el amor o el puchero. Hermanos, ¿es necesario explicar las razones?

ARD
ELI
BRO

GLOSARIO

BALZAC, HONORÉ DE, (1799–1850), autor de "La Comedia Humana", serie de 97 novelas, notable fresco dotado de un sentido agudo de la realidad. Creador de la novela psicológica y representante de la escuela realista.

BORGIA, casa noble de origen aragonés, destacada por sus puestos de poder en la Roma del Renacimiento (ocupó hasta dos papados) y, según la leyenda, famosa por su especialidad en el uso del veneno.

CASSAGNAC, ADOLPHE GRANIER DE, periodista y hombre político gascón (1808–1880) famoso por su acidez crítica.

DELACROIX, EUGENE, (1798–1863), pintor francés, considerado máximo representante de la escuela romántica.

JANIN, JULIN, (1804-1874), novelista y crítico francés, autor de "El asno muerto y la mujer guillotinada" y "La Normandía Histórica".

DESORDEN Y GENIO, (1836), obra de Alejandro Dumas.

FÉVAL, PAUL, (1817–1887), escritor francés de novelas de aventuras, como "El jorobado".

FROTTIS, en pintura, veladura, capa de color ligera y transparente que se aplica al lienzo.

GAUTIER, THEÓPHILE, (1811–1872), poeta y escritor francés.

GOETHE, JOHANN WOLFGANG, escritor alemán (1749–1832), cumbre de la literatura de su país.

HOFFMANN, ERNST THEODOR AMADEUS (1776–1822), escritor y músico alemán de inspiración poderosa y subyugante que murió antes de cumplir los cincuenta.

LOGOGRIFO, especie de enigma centrado en la combinación de letras. También se utiliza como discurso ininteligible.

OURLIAC, ÈDOUARD, autor francés que en el año 1840 formó junto a Nerval, Balzac y el propio Baudelaire la Escuela Normanda.

SUE, EUGÉNE, escritor francés (1804–1857), autor de "Los Misterios de París" y "El judío errante", novelas compasivas y conmovedoras.

TRIMEGISTO, apelativo dado a Hermes en la mitología clásica. Significa «tres veces grande».

VADEMÉCUM, manual utilizado a modo de consulta que habitualmente acompaña a uno ("vade–mecum", va conmigo).

VAE VICTIS, expresión atribuida al guerrero galo Breno, guerrero galo Breno, quien recordó a los romanos, tras la conquista y saqueo al que sometió a la ciudad de Roma, que «los vencidos están siempre a merced de los vencedores».

WARENS. En 1728, a los dieciséis años, el joven Jean Jacques Rousseau abandonó su puesto de aprendiz y cayó bajo la influencia de Madame Louise de Warens, una mujer mucho mayor que él, que se convirtió en su madre adoptiva y amante, y que ejerció un profundo ascendiente en su obra.

ÍNDICE

Prólogo, por Alfonso Salazar.............................. 11

Au lecteur/Al lector.............................. 27

Consejos a los jóvenes escritores 35

De la suerte y la mala suerte en los comienzos.........37

De los salarios.............................. 43

De las simpatías y antipatías.................. 47

Del vapuleo.............................53

De los métodos de composición..........................57

Del trabajo duro y la inspiración...................... 61

De la poesía.............................65

De los acreedores 69

De las amantes 73

Glosario 77

*Este libro se terminó de
imprimir el día 22 de
mayo del año
2024*

TRASPIÉS